# ALCINDOR,

## OPERA-FÉERIE EN TROIS ACTES;

REPRÉSENTÉ POUR LA PREMIERE FOIS, SUR LE THÉATRE DE L'ACADEMIE-ROYALE DE MUSIQUE,

Le Mardi 17 Avril 1787.

PRIX XXX SOLS.

*A PARIS*,

De l'Imprimerie de P. DE LORMEL, Imprimeur de ladite Académie, rue du Foin Saint-Jacques, à l'Image de Sainte Genevieve.

*On trouvera des Exemplaires à la Salle de l'Opéra.*

M. DCC. LXXXVII.

*Avec Approbation, & Privilège du Roi.*

Les Paroles de M. ROCHON DE CHABANNES.

La Musique de M. DEZEDE.

# AVERTISSEMENT.

LE Sujet d'*Alcindor* eſt tiré des Mille & une Nuits, Tome 4, Hiſtoire du Prince Zein Alanam, & du Roi des Génies. Il m'a paru propre à amener un grand Spectacle, mêlé d'un peu d'intérêt & de gaieté, & je n'ai pas héſité à m'en emparer.

Qu'on me permette de m'appuyer, par rapport à l'alliance de la Mythologie & de la Féerie, ſur l'autorité des Poëtes Lyriques, & de citer *Roland* pour juſtifier *Alcindor*. Je pourrois cependant dire avec le Pere Kircher, qu'on trouve encore dans les Indes les Dieux des Grecs & des Romains, l'Idolâtrie, la Magie, & le Mahométiſme même réunis (*voyez* Tome 7 des Cérémonies religieuſes, page *123*), & prouver ainſi que les Habitans de l'Iſle d'Or, croient aux Dieux, à Mahomet & aux Génies; mais je ne veux pas empiéter ſur les droits des Sçavans, & mettre une Diſſertation à la tête d'un Opéra.

Je me ſuis ſervi pluſieurs fois des noms conſacrés à la Cour Ottomane, pour déſigner le Souverain de l'Iſle d'Or, les Chefs & les belles de ſon Empire, parce que ces noms nous ſont familiers, & qu'on ne m'auroit pas entendu ſi j'en avois employé d'autres.

Je laiſſe à part le ſujet & la maniere dont je l'ai traité. Il n'y a pas ici de compoſition avec le Public; on ne peut eſpérer d'échapper à ſa critique, que par l'indulgence qu'il accorde à ces bagatelles. Ne ſeroit-ce pas cependant là le cas de lui repréſenter qu'il n'eſt plus queſtion, comme autre fois, d'écrire à volonté des Scènes en vers libres ; qu'il faut aujourd'hui ménager ſans ceſſe, dans un Opéra, des chants meſurés, des Rondeaux qui reviennent naturellement, des morceaux d'enſemble qui cadrent pour le *Rhythme* & la *Rime*, & qui diffèrent pour les paroles, l'Auteur ayant à rendre la ſituation de chaque perſonnage ; qu'il eſt en conſéquence aſſez difficile de conſerver au dialogue un ton libre & aiſé au milieu de ces entraves ? Ne pourroit-on pas ajouter que ces chants, ces morceaux d'enſemble allongeant beaucoup la Scène, il faut en ſaiſir adroitement le trait d'effet, & aller rapidement au but ; qu'il y a un peu d'art à meſurer la Scène ſur le chant, & que cet art, qui ſe ſent à la Repréſentation, diſparoît à la lecture, & amaigrit le dialogue ; que c'eſt enfin un ouvrage tout calculé pour la Repreſentation ? Oui ſans doute ; mais le Public, dans ces ſortes d'ouvrages, veut être amuſé, & ne regarde pas ce qu'il peut nous en coûter. Toutes ces difficultés-là, d'ailleurs, peuvent & doivent être vaincues, & cette dernière phraſe me fait finir avec bien peu de confiance.

J'ai mis dans l'impreſſion quelques vers qui ſe paſſent à la Repréſentation ; on les reconnoîtra à ce guillemet ».

# ACTEURS ET ACTRICES
## *CHANTANS DANS LES CHŒURS.*

| CÔTÉ DE LA REINE. | | CÔTÉ DU ROI. | |
|---|---|---|---|
| *Mesdemoiselles.* | *Messieurs.* | *Mesdemoiselles.* | *Messieurs.* |
| Des Rosières. | Larlat. | Dubuisson. | Péré. |
| D'Hautrive. | Rey. | Garrus. | Martin. |
| Joséphine. | Cauchois. | Rouxelin. | Legrand. |
| Launer. | Renaud. | Sanctus. | Poussez. |
| Macker. | Le Coq. | Charmoy. | Touvoys. |
| Aurore. | Hubi. | Leclerc. | Duplessier. |
| David. | Cleret. | Voisin. | Cavalliez. |
| Breffort. | Tacusset. | Desportes. | Jouve. |
| Beaumont. | De Lori. | Lacourneuve | Jalaguier. |
| Defrenneville. | Fagnan. | Ste James. | Moulin. |
| | Bouvard. | De Laigle. | Duchamp. |
| | Joinville. | | Delboy. |
| | Le Roux, l. | | Débeirk. |
| | Le Roux, c. | | Le Fêbre. |
| | Guithard. | | Bourbier. |
| | Rouen. | | |

# ACTEURS CHANTANS.

| | |
|---|---|
| ALCINDOR, | M. Laïs. |
| ALMOVARS, | M. Chéron. |
| OSMAN, | M. Chardiny. |
| AZÉLIE, | Mlle Maillard. |
| ZERBIN, | M. St Aubin. |
| AGLAÉ, | Mlle Gavaudan, c. |
| LE CHEF DE LA LOI, | M. Moreau. |
| UNE SYLPHIDE, | Mlle Gavaudan l. |

GNOMES, SYLPHES ET SYLPHIDES.

SUITE D'ALMOVARS.

SUITE D'ALCINDOR.

SUITE DU CHEF DE LA LOI.

SONGES, PLAISIRS ET PEUPLES.

# PERSONNAGES DANSANTS.

## ACTE PREMIER.

### PREMIER DIVERTISSEMENT.

GNOMES. (1)

Mrs Millon, Poinon, Rivet, Saulnier, l'Huillier, Marcelin, Pladix, Deschamps.

---

### SECOND DIVERTISSEMENT.

SONGES AGRÉABLES.

Mlle GUIMARD.

Mlles Troche, Denise, Jacotot, Meziere, Labory, Preau, l'Ecrivain, Dorival, c.

PETITS GÉNIES.

Mlles Augustine, Aimée, Beguin, c.

Mrs Deshays, l. Deshays, c. Petit, l'Enfant, Branchu.

## ACTE SECOND.

GNOMES, *les mêmes du premier Acte.*

FEMMES ASIATIQUES.

Mlles Leclerc, Courtois, Simon, Dancourt, Puisieux, Vanloo, Esther, Gabriel, Barré, Bernard, Bourgouin, Langlois, Barbier.

| UN AMANT. | UN AMOUR. |
|---|---|
| M. NIVELON. | M. AIMÉ. |

---

(1) Il n'y a plus de GNOMES.

## ACTE TROISIEME.

### SYLPHES & SYLPHIDES.

Mlle ZACHARIE.

Mrs Guillet, c. Lahaye, Bozon, Ducel, Barré, Henry, Deſchamps, Blanche, Beguin.

Mlles Troche, Deniſe, Jacotot, Meziere, Preau, l'Ecrivain, Labory, Dorival.

### TARTARES.

M. GARDEL.

Mrs Simonet, le Bel, Milon, Poinon, Dupin, l'Huillier, Coindé, Saulnier.

Mlle SAULNIER.

Mlles Bigotini, Dancourt, Puiſieux, Simon, la Croix, Gabrielle, Langlois, Hortenſe.

### ASIATIQUES.

M. VESTRIS. Mlle LANGLOIS.

Mrs Lahaye, Guillet, c. Henry, Beguin.

Mlles Courtois, Eſther, Barré, Beaujon.

### NEGRES.

M. LAURENT.

Mrs COULON, GUENETÉ.

Mrs Largierre, Boyer, Bozon, Auguſte.

Mlle ELISBERT.

Mlles TROCHE, DENISE.

Mlles Henriette, Meziere, Preau, l'Ecrivain.

### DANSEUSES TURQUES.

Mlle GUIMARD. M. NIVELON.

Mlles Siville, Leclerc, Vanloo, Bernard.

ALCINDOR,

# ALCINDOR,

## *OPERA-FÉERIE.*

## ACTE PREMIER.

### SCENE PREMIERE.

ALCINDOR, GNOMES.

*Le Théatre repréſente une ſombre Caverne, ſoutenue par des maſſes informes de rochers. Au lever de la toile, on voit pluſieurs Gnomes aſſis & dans différentes attitudes. Ils ſe lèvent, les uns après les autres, ſur un bruit qu'ils entendent dans le lointain, & chantent.*

*CHŒUR DE GNOMES.*

QUI vient troubler ces ſombres lieux ?
Qu'il tremble, qu'il périſſe,
Le mortel audacieux.

Qui vient troubler ces sombres lieux

*( Ils vont en ce moment vers la coulisse par où entre Alcindor, & celui-ci les repousse sur le Théâtre ).*

*ALCINDOR.*

Moi! Moi, que je frémisse!
C'est à mon bras victorieux
A porter l'effroi dans ces lieux.

*( Alcindor les disperse, & ils s'enfuient de tous les côtés ).*

## SCENE II.

*ALCINDOR seul.*

Ils ont senti ma force & mon courage.
Mais où sont ces trésors promis par Almovars?
Je ne vois point d'issue en cet antre sauvage;
Et rien ne frappe mes regards,
Qu'un amas de rochers qui menacent ma vie.
Si je pouvois douter des bontés du Génie,
Je me croirois en ce moment
Le malheureux jouet d'un noir enchantement.

*( Prélude de symphonie ).*

Mais quel calme succède aux fureurs du Tartare!
De mes sens moins émus quelle langueur s'empare!
Ce charme impérieux m'inspire un juste effroi,
Et mes yeux assoupis se ferment malgré moi.

## SCENE III.

ALCINDOR, SONGES, PLAISIRS, *Amours danſans & chantans, ſortant des piliers informes de la caverne.*

*( Ici les rochers, ſervant de piliers informes à la caverne, s'ouvrent, & laiſſent voir chacun un Songe dans leurs cavités. Ces cavités reçoivent, par des tranſparens peints en guirlandes de fleurs, des demi-teintes de jour. Des Amours & des Songes viennent entourer Alcindor qui s'eſt laiſſé aller au ſommeil ſur un banc de pierre. )*

*( On danſe. )*

*CHŒUR DES SONGES.*
*A Alcindor.*

DANS ces retraites
Ecoute en ce jour
Les interprètes
Dont ſe ſert l'Amour.
A la tendreſſe
Livre ton cœur :
Une foibleſſe
N'eſt pas une erreur.
Vois d'une mortelle

autre fois, d'écrire à volonté des Scènes en vers libres ; qu'il faut aujourd'hui ménager ſans ceſſe, dans un Opéra, des chants meſurés, des Rondeaux qui reviennent naturellement, des morceaux d'enſemble qui cadrent pour le *Rhythme* & la *Rime*, & qui diffèrent pour les paroles, l'Auteur ayant à rendre la ſituation de chaque perſonnage ; qu'il eſt en conſéquence aſſez difficile de conſerver au dialogue un ton libre & aiſé au milieu de ces entraves ? Ne pourroit-on pas ajouter que ces chants, ces morceaux d'enſemble allongeant beaucoup la Scène, il faut en ſaiſir adroitement le trait d'effet, & aller rapidement au but ; qu'il y a un peu d'art à meſurer la Scène ſur le chant, & que cet art, qui ſe ſent à la Repréſentation, diſparoît à la lecture, & amaigrit le dialogue ; que c'eſt enfin un ouvrage tout calculé pour la Repréſentation ? Oui ſans doute ; mais le Public, dans ces ſortes d'ouvrages, veut être amuſé, & ne regarde pas ce qu'il peut nous en coûter. Toutes ces difficultés-là, d'ailleurs, peuvent & doivent être vaincues, & cette dernière phraſe me fait finir avec bien peu de confiance.

J'ai mis dans l'impreſſion quelques vers qui ſe paſſent à la Repréſentation ; on les reconnoîtra à ce guillemet ».

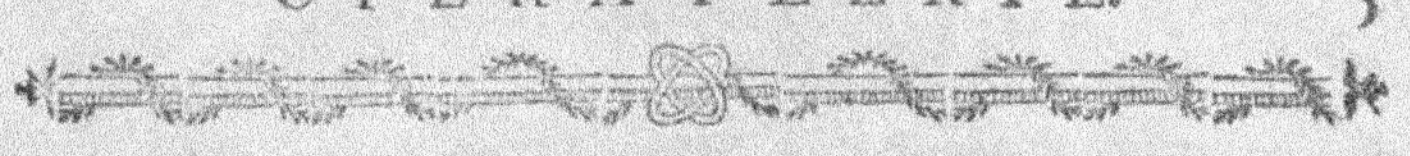

## SCENE IV.

ALCINDOR *seul.*

C'EST en vain que l'Amour à mon cœur la rappelle;
Je ne veux pas céder à ses illusions:
La gloire, les combats, voilà mes passions;
Voilà le charme qui m'entraîne.

## SCENE V.

ALCINDOR, OSMAN, ZERBIN,

*ALCINDOR.*

MAIS en croirai-je ici le rapport de mes yeux!
Est-ce toi, cher Osman, que mon bonheur m'amène?

*OSMAN.*

Oui, le Ciel vous rend à mes vœux.

*ALCINDOR.*

Et toi, Zerbin, aussi!

*ZERBIN.*

Moi-même,
Enlevé tout tremblant du sein de votre Cour,
Et sentant, à l'aspect de ce triste séjour,
Redoubler ma frayeur extrême.

# ACTEURS CHANTANS.

| | |
|---|---|
| ALCINDOR, | M. Laïs. |
| ALMOVARS, | M. Chéron. |
| OSMAN, | M. Chardiny. |
| AZÉLIE, | M^lle^ Maillard. |
| ZERBIN, | M. St Aubin. |
| AGLAÉ, | M^lle^ Gavaudan, c. |
| LE CHEF DE LA LOI, | M. Moreau. |
| UNE SYLPHIDE, | M^lle^ Gavaudan l. |

GNOMES, SYLPHES ET SYLPHIDES.

SUITE D'ALMOVARS.

SUITE D'ALCINDOR.

SUITE DU CHEF DE LA LOI.

SONGES, PLAISIRS ET PEUPLES.

Mais ne puis-je ſavoir quel objet vous enflamme?

*ALCINDOR.*

Une beauté que je ne connois pas,
Dont l'erreur de mes ſens a créé les appas:
Un vain ſonge alarme mon ame.
« Ses preſtiges d'abord ne m'avoient pas ſurpris;
» Mais ils viennent ſans ceſſe aſſiéger mes eſprits,
» Et rien depuis long-tems ne ſauroit m'en diſtraire.
» Conduit par Almovars dans ce lieu ſolitaire,
» Pour vaincre les Enfers & leurs enchantemens,
» Dans un ſommeil involontaire
» L'Amour, l'Amour encor vient de plonger mes ſens.

Des accords doux & raviſſans
Charment d'abord mon ame émue;
Un eſſaim d'Amours triomphans
M'offre la plus belle inconnue.
Sa modeſtie & ſa candeur
Surprennent mon premier hommage;
Je veux l'effacer de mon cœur,
Et j'y vois toujours ſon image.

*OSMAN.*

Conſervez-en plutôt le ſouvenir flatteur.
Loin d'affecter l'orgueil d'une ame indifférente,

## ACTE TROISIEME.

### SYLPHES & SYLPHIDES.

Mlle Zacharie.

Mrs Guillet, c. Lahaye, Bozon, Ducel, Barré, Henry, Deſchamps, Blanche, Beguin.

Mlles Troche, Deniſe, Jacotot, Meziere, Preau, l'Ecrivain, Labory, Dorival.

### TARTARES.

M. Gardel.

Mrs Simonet, le Bel, Milon, Poinon, Dupin, l'Huillier, Coindé, Saulnier.

Mlle Saulnier.

Mlles Bigotini, Dancourt, Puiſieux, Simon, la Croix, Gabrielle, Langlois, Hortenſe.

### ASIATIQUES.

M. Vestris. Mlle Langlois.

Mrs Lahaye, Guillet, c. Henry, Beguin.

Mlles Courtois, Eſther, Barré, Beaujon.

### NEGRES.

M. Laurent.

Mrs Coulon, Guenetè.

Mrs Largierre, Boyer, Bozon, Auguſte.

Mlle Elisbert.

Mlles Troche, Denise.

Mlles Henriette, Meziere, Preau, l'Ecrivain.

### DANSEUSES TURQUES.

Mlle Guimard. M. Nivelon.

Mlles Siville, Leclerc, Vanloo, Bernard.

ALCINDOR,

*OSMAN.*

Cédez, cédez ſans peine à la plus douce ivreſſe.

*ALCINDOR.*

Remplis, remplis mes ſens d'une plus noble ivreſſe :
Je ne veux que régner, & rgner ſans foibleſſe.

*OSMAN.*

On peut être ſenſible, & régner ſans foibleſſe.

*ALCINDOR.*

Préſente à mes regards l'image des combats.

*OSMAN.*

Qui, moi, vous préſenter l'image des combats !

*ALCINDOR.*

Je veux me ſignaler & fonder des Etats.

*OSMAN.*

Au lieu de conquérir, conſervez vos Etats.

*ALCINDOR.*

Mais, ai-je bien ſur moi gardé ce noble empire ?
Je veux braver l'Amour, & tout bas je ſoupire;
J'exhale contre lui de vains emportemens.
J'ignorois autrefois juſques à ſon nom même :
L'orgueil de ma raiſon, le trouble de mes ſens,
Ne m'inſtruiſent que trop de ma foibleſſe extrême.
Je pourrois écouter de frivoles amours !
Almovars, viens à mon ſecours.

## SCENE VI.

### ALCINDOR, OSMAN, ZERBIN,

*(Ici le Théatre change ; la caverne disparoît ; un palais magnifique s'élève. Ce palais est tout couvert d'armes ; des drapeaux sont suspendus aux voûtes, & l'on entend des instrumens guerriers. Ces drapeaux doivent être disposés de maniere à pouvoir se mouvoir dans un certain moment.*

*ALCINDOR.*

LA trompette guerrière
Réveille mes esprits ;
Un palais brillant de lumière
S'élève à mes regards surpris.
N'écoutons plus que l'honneur & la gloire,
N'écoutons plus que les chants de victoire ;
*(Ici les drapeaux s'agitent.)*
Ces armes, ces faisceaux, ces brillans étendards
Par-tout dans ce palais confusément épars,
Voilà les bienfaits d'Almovars.

## SCENE VII.

ALCINDOR, OSMAN, ZERBIN, LES STATUES.

*ALCINDOR.*

MAIS quel nouveau prodige éclate à mes regards !

*Cinq ſtatues s'élèvent ſur leurs piedeſtaux au ſon de la plus douce ſymphonie : un ſixième piédeſtal s'élève auſſi, mais il eſt ſans ſtatue.*

*( Ces cinq ſtatues ſont la Paix ; l'Humanité, le Génie des Arts, la Juſtice & la Sageſſe. Leurs noms & leurs deviſes ſont en tranſparent ſur chaque piédeſtal. Ces deviſes ne ſe chantent pas.*

*LA PAIX,*

*Couchée ſur des ancres, des drapeaux, des trophées, &c.*

*On lit ſur ſon tranſparent :*

L'éclat du Conquérant éblouit les mortels,
Le Pacificateur en obtient des autels.

*LA SAGESSE,*

*Une lance à la main, dont elle terraſſe la Folie.*

O vous, que l'Univers avec reſpect contemple,
Pour le maintien des mœurs offrez-lui votre exemple.

*Le* GÉNIE *des* ARTS

*En Appollon, une lyre à la main. Sur son piédestal, tous les attributs des Arts.*

Rois, protégez les arts, & vos noms glorieux
Sur l'abyme des tems planeront avec eux.

LA JUSTICE,

*Une balance à la main, & le bandeau sur les yeux.*

A la faveur hardie arrachez l'innocence,
Et pesez vos sujets dans la même balance.

L'HUMANITÉ,

*Couronnée d'épis, avec des gerbes à ses pieds : elle tient un disque d'une main, & de l'autre une baguette, avec laquelle elle affranchit un Esclave qui est à ses pieds.*

Que cet homme affranchi ne soit plus opprimé,
Et qu'il moissonne en paix le champ qu'il a semé.

LE CHŒUR, *sortant de dessous terre.*

Ne cherchez pas ici ces vertus éclatantes
Qui troublent le repos des malheureux humains;
Préférez, Alcindor, des vertus plus touchantes
Qui font aimer les Souverains.

OSMAN.

(*à Alcindor*).

Voyez, par ces présens célestes,
Quelles vertus paisibles & modestes
D'un Monarque éclairé doivent former la Cour.

*ALCINDOR,*

*(montrant le Palais couvert d'armes, d'étendards.)*

La gloire y brille aussi dans tout son plus beau jour ;
Mais Almovars ne m'offre pas l'Amour.

LE *CHŒUR.*

Ne cherchez pas ici ces vertus éclatantes
Qui troublent le repos des malheureux humains ;
Préférez, Alcindor, des vertus plus touchantes
Qui font aimer les Souverains.

*ALCINDOR.*

Non, je ne cherche pas ces vertus éclatantes
Qui troublent le repos des malheureux humains ;
J'adopte avec transport des vertus plus touchantes
Qui font aimer les Souverains.

(*Le Chœur disparoît*).

Oui, oui, vous soutiendrez l'éclat de ma couronne,
Et je veux vous placer à côté de mon trône.

*(Comme il parcourt ces Statues, il s'approche du piédestal sans Statue, & apperçoit une lettre qui s'en éleve ; elle est posée sur un coussin de drap d'or.)*

Mais quel écrit mystérieux
Almovars tout-à-coup fait paroître à mes yeux !
Il est tracé pour moi de la main de mon pere....

J'en baiſe avec reſpect le ſacré caractere.

*( Il lit )*

= Ces Déités qui frappent tes regards,
= Mon fils, ſont l'ornement du plus beau diadême;
= Mais il en manque une autre à ton bonheur ſuprême,
= Et tu dois l'obtenir des bontés d'Almovars.

Quel eſt ce don du Ciel, ce bien ſi néceſſaire
Que ce brillant ſéjour me laiſſe à regretter?

# SCENE VIII.

*Les mêmes*, ALMOVARS *&* *sa Suite.*

*( La toile du fond s'abaisse à sa demi-hauteur, & forme en s'abaissant un escalier. On voit alors dans le fond une Rotonde supportée par des riches colonnes, & Almovars suivi d'un nombreux cortege descend sur la Scene.*

*ALMOVARS.*

C'EST le plus beau présent qu'il me reste à te faire ;
Mais, en m'obeissant, il faut le mériter.

*ALCINDOR.*

Parlez, qu'exigez-vous ? Quelle preuve éclatante?...

*ALMOVARS.*

Il faut aveuglément répondre à mon attente.
Les destins, qui regnent sur moi,
Veulent que de l'hymen je subisse la loi.

*ALCINDOR.*

Vous !

*ALMOVARS.*

Moi.

*ALCINDOR.*

Quand je craignois l'Amour & sa foiblesse,
Je n'invoquois que vous, Seigneur ;
Vous, le guide de ma jeunesse ;

Vous, vous, le plus ſage enchanteur,
Et l'Amour aujourd'hui . . .

*ALMOVARS.*

Le Deſtin en vainqueur.
Je te l'ai déja dit, diſpoſe de mon cœur.
Il m'a laiſſé le choix d'une épouſe mortelle:
Mais dans tes Etats ſeuls je puis la rencontrer;
Et je dois même encor la tenir de ton zèle.
Voilà leur volonté que je dois révérer.

Je veux une fille accomplie,
Ne comptant que quinze ou ſeize ans,
Auſſi modeſte que jolie,
Et qu'embelliſſent les talens;
Fille docile aux volontés d'un Maître,
D'un cœur, d'un eſprit ingénu,
N'ayant jamais ni rien connu,
Ni deſiré de rien connoître.
Mais ne demande que pour toi
Ce digne objet que je deſire:
Fais publier dans ton empire
Que de l'hymen tu veux ſubir la loi. . . .

*ZERBIN.* (*à Almovars, gaiement*).

Et qu'il vous faut fille accomplie,
Ne comptant que quinze ou ſeize ans;

Auſſi

Aussi modeste que jolie,
Et qu'embellissent les talens....

*ALCINDOR*, (*de même*).

Toujours docile aux volontés d'un Maître,

*ZERBIN*, (*de même*).

D'un cœur, d'un esprit ingénu,...

*ALMOVARS* (*gravement*).

N'ayant jamais ni rien connu
Ni desiré de rien connoître.

| | | |
|---|---|---|
| *OSMAN.* | Comment trouver | fille accomplie. |
| *ALMOVARS.* | Il faut trouver | |
| *ALC. & ZERB.* | Nous chercherons | |

TOUS QUATRE.

Ne comptant que quinze ou seize ans,
Aussi modeste que jolie,
Et qu'embellissent les talens,
Fille docile aux volontés d'un Maître,
D'un cœur, d'un esprit ingénu,
N'ayant jamais ni rien connu
Ni desiré de rien connoître.

*ZERBIN.*

Le Seigneur Almovars a le goût des plus fins;

Mais comment lui trouver la beauté qu'il desire?
Dans le cœur d'une femme est-il aisé de lire?

*ALMOVARS.*

Ah! devant Alcindor les détours seront vains;
Je l'arme d'un pouvoir que je tiens dans mes mains.
(*à Alcindor*).
Il est dans ton palais une obscure retraite
Qu'à ton père autrefois découvrit ma bonté;
C'est-là que tout trahit l'infidelle beauté
Qui cherche à déguiser une faute secrète.
Zerbin au nom du Souverain
Rassemblera les belles de l'Empire,
Et mes soins sauront les conduire
Dans ce magique souterrein.

« Aux avantures inconnues
» Que ces murs vous révéleront,
» Que de surprises ingénues
» De toutes parts éclateront!

» Le triomphe de l'innocence
» Sera marqué par le silence;
» Et le renversement de ces magiques lieux,
» Et des concerts mélodieux,
» Brillans échos de sa victoire,
» Eléveront jusques aux cieux
» Et son nom & sa gloire.

*(à Alcindor).*

» Tu la couronneras cette ſage beauté,
» Mais en lui déclarant alors avec franchiſe,
» Que ce n'eſt pas à toi qu'elle eſt promiſe,
» Et qu'elle eſt deſtinée à ma félicité.
» Malheur à toi : qu'elle tremble elle-même,
» Si l'amour te ſurprend, & s'il faut qu'elle t'aime.

*ALCINDOR.*

» Comptez ſur mon reſpect & ma fidélité.

*ZERBIN à Almovars.*

Comment, on entendra dans ce lieu redoutable
Tous les ſecrets de la beauté ?

*ALMOVARS.*

Ceux même enveloppés d'un voile impénétrable.

Quand une belle vantera
Sa vertu conſtante & ſévère,
Un témoin la démentira,
Si cet aveu n'eſt pas ſincère.

| ALCINDOR & ZERBIN, *gaiement.* | ALMOVARS, *gravement.* | OSMAN, *ſérieuſement.* |
|---|---|---|
| Un témoin la démentira,<br>Si cet aveu n'eſt pas ſincère !<br>Rien n'eſt plus plaiſant que cela. | Un témoin la démentira,<br>Si cet aveu n'eſt pas ſincère ;<br>Rien n'eſt plus certain que cela. | Un témoin la démentira,<br>Si cet aveu n'eſt pas ſincère,<br>Rien n'eſt moins plaiſant que cela. |

*ALMOVARS.*

C'eſt un Dieu Terme qui rira

Des faux aveux d'une fillette,
Un carillon qui ſonnera
Les paſſe-tems d'une coquette.

*ALCINDOR, ZERBIN, ALMOVARS, OSMAN.*

Un carillon qui ſonnera
Les paſſe-tems d'une coquette.

<table>
<tr><td>ALMOVARS.<br>ALC. ZERB.<br>OSMAN.</td><td>rien n'eſt</td><td>plus certain<br>plus plaiſant<br>moins plaiſant</td><td>que cela.</td></tr>
</table>

*LE CHŒUR.*

Un carillon qui ſonnera
Les paſſe-temps d'une coquette,
Rien n'eſt plus plaiſant que cela.

*Fin du premier Acte.*

# ACTE SECOND.

## LE CABINET DES ÉPREUVES.

*Le Théatre représente un Cabinet orné de Statues, Dieux Termes, Pagodes, &c. On y voit aussi un Carillon. Ces Statues, ces Dieux Termes, ces Pagodes, sont des Acteurs réunis en grouppe, & grouppés sous différentes attitudes. Ils occupent les côtés & le fond de la Scène : un petit autel est en avant.*

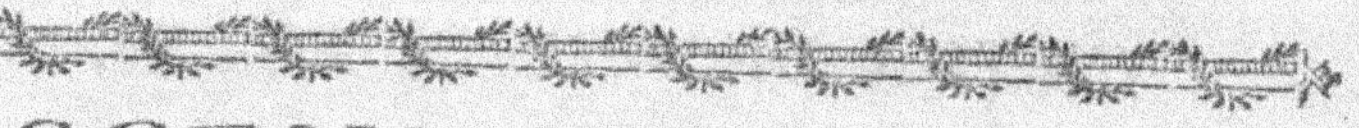

## SCENE PREMIERE.

ALCINDOR, ZERBIN, GNOMES, FILLES *Chantantes & Dansantes.*

*( Une partie des Gnomes amène mystérieusement les Filles, & leur montre le Cabinet des Epreuves ; leurs voiles tombés sur leurs épaules, laissent voir leurs traits. L'autre partie des Gnomes amène de la même maniere Alcindor & Zerbin.)*

ON DANSE.

*CHŒUR DE JEUNES FILLES.*

AH ! quel plaisir ! Ah ! quel bonheur !
Un jeune Amant, un Empereur

Nous offre ſa couronne.
C'eſt aux vertus, c'eſt à l'honneur
Que ſa bonté la donne.

*ALCINDOR, gravement aux Prétendantes.*

Savez-vous bien ce qui ſe paſſe ici ?
Le ſavez-vous ?

*CHŒUR DE JEUNES FILLES.*

Oui.

*( La Pantomime des Danſeuſes répond à ce oui. )*

*ALCINDOR.*

Que tout myſtère eſt d'abord éclairci :
Le ſavez-vous ?

*CHŒUR DE JEUNES FILLES.*

Oui.

*( ALCINDOR & ZERBIN les engagent à s'approcher de l'autel ; mais elles tremblent de s'avancer, & s'invitent reſpectivement à paſſer devant. )*

*ZERBIN, à part.*

Leur fermeté les abandonne.

*CHŒUR DE PAGODES.*

Prenez garde, retirez-vous :
Nous ſavons tout, retirez-vous.

*( L'effroi redouble. Cependant quatre jeunes filles, plus hardies que les autres, font un pas en avant. )*

*CHŒUR DES PAGODES, aux Filles qui s'avancent.*

C'eſt le Muphti,
C'eſt un Cadi,
C'eſt un Aga,
C'eſt un Bacha.

*CHŒUR DE JEUNES FILLES.*

Retirons-nous.

*ZERBIN.*

Et pourquoi fuir ? Arrêtez-vous.

*( Les Filles s'en vont précipitamment. )*

## SCENE II.

ALCINDOR & ZERBIN.

*ZERBIN.*

» UN trône à partager avec un Prince aimable,
» Eſt un eſpoir bien ſéduiſant ;
» Mais quand il faut paſſer par ce lieu redoutable,
» Le chemin eſt embarraſſant.

*ALCINDOR.*

Eh bien, Zerbin ?

ZERBIN.

Eh bien, Seigneur, diſcrétement
Gardons de prononcer ſur un ſexe charmant.
Almovars trouvera la mortelle ingénue,
Qu'il veut élever juſqu'à lui.

ALCINDOR.

Oui.... (*à part.*) Mais c'eſt un avis qu'il me donne aujourd'hui,
Pour juger de mon inconnue.

Ah! ſans doute il a vu le péril que je cours.

ZERBIN, *à part.*

Ceci le fait rêver, quand il devroit en rire.

ALCINDOR, *à part.*

Il a vu ma foibleſſe & mes lâches amours:
J'en crois l'ordre nouveau qu'il vient de me preſcrire.

= Alcindor, m'a-t-il dit, la volage beauté
= Jettera ſon voile en arrière;
= Mais la vertu ſera plus fière:
= Il ſera le ſoutien de ſa timidité.
= Juſqu'au moment de la cérémonie,
= Ta puiſſance reſpectera
= Le voile de la modeſtie;
= Et du danger de voir femme jeune & jolie,

= Ce

= Ce respect te préservera. »

Je suis honteux de ses alarmes ;
Elles révoltent ma fierté.
Paroissez, modeste beauté :
Mes regards braveront vos charmes ;
Mais qui s'avance ici d'un pas précipité ?

## SCENE III.

ALCINDOR, ZERBIN, AGLAÉ, *jeune* CIRCASSIENNE *couverte d'un voile, qu'elle laisse d'abord tomber.*

*AGLAÉ.*

Une fille très-mécontente
De votre ton d'autorité,
Et qui ne se présente
Que pour vous en parler avec sincérité.

*ZERBIN, à* ALCINDOR.

Le début est plaisant.

*AGLAÉ.*

La curiosité,
A mon sexe assez ordinaire,
Et non le vain desir de plaire

D*

A mon très-sublime Empereur,
M'amene en ce Palais avec assez d'humeur :
Mais puisqu'il faut enfin, pour mon honneur,
Que je parvienne à ce bonheur,
Là, que faut-il en confidence,
Pour plaire à votre Majesté ?

*ZERBIN.*

La simple & timide innocence,
Qui sied si bien à la beauté.

*AGLAÉ.*

Faut-il que ma flamme soit vive,
Ou vous touche par sa langueur ;
Que j'aime en épouse craintive,
Ou bien que je règne en vainqueur ?

Là, que faut-il en confidence,
Pour plaire à votre Majesté ?

*ZERBIN.*

La simple & timide innocence,
Qui sied si bien à la beauté.

*AGLAÉ.*

Dois-je, Sultan, suivant l'usage,
Vous encenser à tout propos,
Ou, par un rïant badinage,
Vous corriger de vos défauts ?

*ZERBIN.*

(*A* AGLAÉ, *en lui marquant son étonnement.*)

Le corriger de ses défauts !

*AGLAÉ, d'un ton encore bien décidé.*

Le corriger de ses défauts.

*ALCINDOR.*

Me corriger de mes défauts !

*AGLAÉ.*

Oui, que faut-il en confidence,
Pour plaire à votre Majesté ?

*ZERBIN.*

La simple & timide innocence,
Qui sied si bien à la beauté.

*AGLAÉ.*

Aimez-vous le chant & la danse ;
Ou du luth l'accord séduisant ?
Je ne parlerai qu'en cadence,
Et ne marcherai qu'en dansant.

*ZERBIN, à* ALCINDOR.

Que dites-vous de cet enfant ?

*ALCINDOR.*

Mais, son esprit est amusant.

*ZERBIN.*

Vous y fieriez-vous ?

*ALCINDOR.*

En tremblant.

*AGLAÉ.*

Eh bien, quelle eſt cette innocence
Qui plaît ſi fort à votre Majeſté ?

*ALCINDOR.*

On la connoît à la décence,
Qui pare toujours la beauté.

*AGLAÉ.*

Ah ! ne vous fiez pas à l'air de dignité :
La folie eſt mon lot, & j'en fais vanité.

*ALCINDOR & ZERBIN.*

Elle eſt folle, elle eſt légère ;
Mais au moins elle eſt ſincère.

*AGLAÉ.*

La folie eſt mon lot, & j'en fais vanité.

*ALCINDOR & ZERBIN.*

La folie eſt ſon lot ; elle en fait vanité.

(*Ici l'on voit deux vaſes garnis de fleurs, qui ſortent de deſſous terre.*)

*AGLAÉ.*

Mais quels vafes brillans d'une riche induftrie,
S'élèvent tout couverts de fleurs ?

*ALCINDOR, à part.*

C'eft l'oracle.

*AGLAÉ, à ALCINDOR.*

Voilà de la galanterie ;
Et j'aime à refpirer leurs fuaves odeurs.

*ZERBIN, à part.*

Je crains ce defir-là.

*AGLAÉ.*

Les fleurs font ma folie :
Il faut que je cueille un bouquet,
Il le faut. C'eft peut-être un defir indifcret ;
Mais comment réfifter à cette douce envie !

*( Comme Aglaé cueille une fleur, le vafe difparoît, & fait place à l'Amour, qui danfe autour d'elle, & l'enlace de fleurs. Le but de l'Amour eft d'enflammer Aglaé, qui jufqu'ici n'a eu que des defirs vagues, & de faire auffi connoître à Alcindor qu'on ne lui réfifte pas. )*

*AGLAÉ contemplant l'Amour qui danfe autour d'elle.*

L'aimable enfant !

Qu'il eſt charmant !
Quels jeux ! quel badinage ! Il m'enlace, il m'enchaîne
Avec des guirlandes de fleurs ;
Il pénètre mes ſens des plus vives ardeurs.

( *A l'Amour, qui la conduit vers l'autre vaſe.*)

Où me conduiſez-vous, & quel charme m'entraîne !
Vos fleurs me font frémir... ah ! je reſpire à peine.

L'aimable enfant ! &c.

[ *L'Amour préſente une ſeconde fleur à Aglaé. Le ſecond vaſe diſparoît, & eſt remplacé par un jeune homme, dont l'action eſt auſſi pantomime.* ]

## *AGLAÉ.*

Ce vaſe encor s'agite & tremble...
C'eſt Ali, mon petit voiſin !
Ali... comment... par quel chemin.. !
Reſtons toujours tous trois enſemble.

ACTION DE LA PANTOMIME.

(*Ali eſt preſſant. Il ſe jette aux pieds d'Aglaé, & lui baiſe la main ; ce que l'Amour ne manque pas de faire obſerver à Alcindor. La petite Aglaé eſt honteuſe, & détourne la vue. Dans ce moment, l'Amour fait ſigne à Ali de ſe retirer. Aglaé, en ſe retournant, eſt étonnée de ne plus voir ſon petit voiſin ; mais l'Amour, par un ſouris & un geſte malins, lui fait entendre qu'il n'eſt pas tems encore, & l'éconduit, en paſſant avec intention devant Alcindor, à qui il fait comprendre que ſon triomphe ſur lui ne lui coûtera pas davantage : puis il diſparoît, en entraînant Aglaé, qu'il emmène par malice du côté oppoſé à celui par où Ali eſt ſorti.)*

## SCENE IV.

ALCINDOR, ZERBIN.

*ZERBIN.*

Vous le voyez, l'Amour eſt toujours triomphant.

*ALCINDOR.*

Qu'il triomphe, le téméraire,
D'un jeune enfant,
D'une ſimple bergère.
Voilà ceux qu'il abaiſſe au rang de ſes ſujets :
Un Héros indompté rit de ſes vains projets....

## SCENE V.

ALCINDOR, AZÉLIE *voilée*, ZERBIN.

*ALCINDOR.*

Mais un objet nouveau pénètre en cet asyle,
Et je reste immobile,
Frappé de son maintien & de sa majesté.

*AZÉLIE, en entrant.*

De quel trouble secret mon cœur est agité !
Où suis-je ? & devant qui la suprême puissance,
Du sein d'un paisible séjour,
Me force-t-elle à paroître à la Cour !

*ALCINDOR.*

Paroissez avec assurance ;
Ce lieu n'est pas à redouter :
Le Maître qui l'habite y saura respecter
La modestie & l'innocence.

*AZÉLIE.*

Alcindor, Alcindor, pourquoi me séparer
Du père le plus tendre !
Dans ses bras, dans son sein, laissez-moi respirer ;

C'est

C'eſt un ami que j'ai beſoin d'entendre.
Oui, oui, notre union fait tout notre bonheur :
Ses ſoins éclairent ma jeuneſſe,
Les miens ſoulagent ſa vieilleſſe.
Hélas ! hélas ! c'eſt aſſez pour mon cœur.

*ALCINDOR.*

Ce tendre attachement parle en votre faveur,
Et le Ciel vous en doit la juſte récompenſe.

*AZÉLIE.*

Eh ! que demanderois-je au Ciel ſans imprudence !
De mes devoirs ſacrés je goûte la douceur.

## SCENE VI.

ALCINDOR, AZÉLIE, ZERBIN, CHŒUR, *qu'on ne voit pas.*

(*Ici le Théâtre change ; le Cabinet des Epreuves disparoît, & fait place à des bosquets délicieux.*)

(*On entend un petit prélude qui étonne Azélie ; mais d'un geste Alcindor la rassure, & ils écoutent.*)

*CHŒUR, qu'on ne voit pas.*

C'EST la modeste & charmante Azélie,
C'est la fille du grand Visir ;
C'est la modeste & charmante Azélie,
Qu'Alcindor doit choisir.

(*Le* CHŒUR *cesse.*)

# SCENE VII.

ALCINDOR, AZELIE, ZERBIN.

*ALCINDOR.*

QUELLE félicité ! que mon ame eſt ravie !
Je vais donc couronner la fille d'un ami.
Qu'on cherche le Viſir, & qu'on l'amène ici.

(*ZERBIN ſort.*)

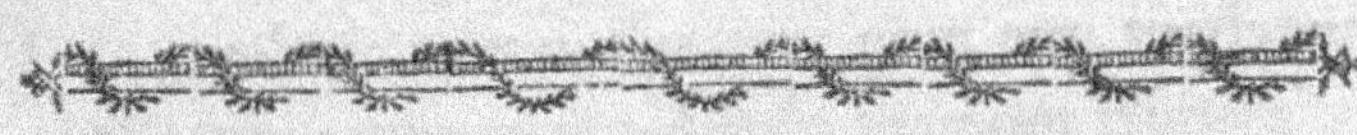

# SCENE VIII.

ALCINDOR, AZÉLIE.

*AZÉLIE.*

LE Ciel & le Génie
Ne condamnent donc pas la ſenſible Azélie,
Ses mouvemens ſecrets, en s'offrant à vos yeux,
Puiſqu'elle a diſſipé le charme de ces lieux !

*ALCINDOR.*

Vous aimez !

*AZÉLIE.*

Je ne ſais ce qu'il faut que j'en penſe ;

Mais j'éprouve en votre présence
Un ſentiment plus fort que la reconnoiſſance;
Sentiment pur & tendre, & que nos Souverains,
Marqués du ſceau des Dieux, impriment aux humains.

*ALCINDOR.*

Vous me charmez par ce langage,
Digne fille d'Oſman.

*ZÉLIE.*

Je dirai davantage:
Ce penchant que mon ame avoue avec candeur,
De ce premier moment n'eſt pas le prompt ouvrage;
Mon pere l'a fait naître, & vous-même, Seigneur.
C'étoit dans un beau jour où, tout couvert de gloire,
Vous regagniez nos murs ſur un char de victoire.
Je devins à l'inſtant l'eſclave du vainqueur.

*ALCINDOR, charmé & ſurpris.*

Azélie.

*AZÉLIE troublée.*

Alcindor.

*ALCINDOR, à part.*

Qu'elle eſt tendre & touchante!

*AZÉLIE.*

Que ſon trouble me plaît! combien il eſt flatteur!

ALCINDOR.

Plus je la vois, & plus elle m'enchante.
(*A Azélie.*)
Quoi! vous aimez la gloire & la valeur?

AZÉLIE.

Oui, nous aimons la gloire & la valeur.

ALCINDOR.

(*à part.*) Voilà, voilà la ſeule amante,
Qui feroit digne de mon cœur.

AZÉLIE.

Ah! quel plaiſir pour une amante
D'enchaîner un heureux vainqueur!
De ſa gloire il nous environne;
Il fixe tous les yeux ſur nous.

ALCINDOR.

Il met à vos pieds la couronne
Dont ſon front ſuperbe eſt jaloux.
(*à part.*)
Plus je la vois & plus elle m'enchante.
(*à Azélie.*)
Quoi! vous aimez la gloire & la valeur?

AZELIE.

Oui, nous aimons la gloire & la valeur.

| *ALCINDOR.* | *AZÉLIE.* |
| --- | --- |
| Voilà, voilà la ſeule amante<br>Qui ſeroit digne de mon cœur. | Ah! quel plaiſir pour une amante,<br>D'enchaîner un heureux vainqueur! |

*ALCINDOR.*

Je vois, ô femme magnanime!
Je vois avec tranſport les ſentimens d'eſtime
Que mon courage a ſu vous inſpirer;
Mais je n'ai qu'un Empire, & l'on vous doit un Temple.
L'Univers doit vous adorer,
Et le premier j'en donnerai l'exemple:
Mais il faut préparer ces grands événemens.
Les femmes du Sérail en ces lieux vont paroître;
Allez, & rempliſſez vos deſtins éclatans,
Le Ciel bientôt vous les fera connoître.

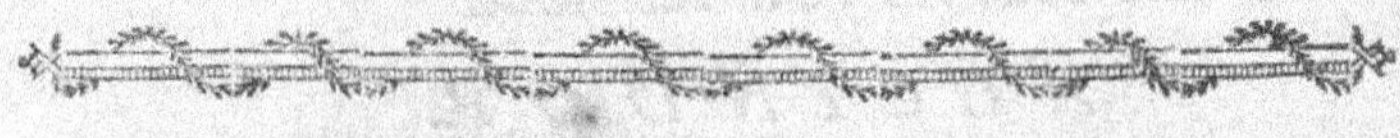

## SCENE IX.

ALCINDOR, AZÉLIE, FEMMES *du Serrail.*

*Les* FEMMES *du Serrail viennent rendre hommage à* AZELIE, *& l'emmènent.*

MARCHE,

*Pendant laquelle Azélie & Alcindor marquent quelque émotion. Azélie, en s'éloignant, lui tend les bras, & le même mouvement échappe à Alcindor.*

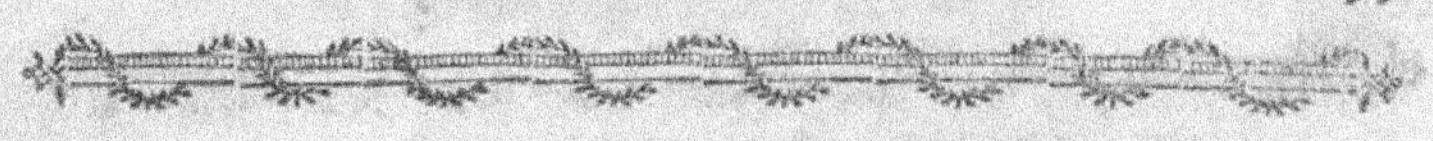

# SCENE X.

*ALCINDOR seul.*

Elle me tend les bras, ſoupire en s'éloignant,
Et mon cœur la ſuit en tremblant !
Quelle eſt donc ſa foibleſſe, & la mienne peut-être !
Sous un voile diſcret je n'ai pu découvrir
De quels traits la nature avoit ſçu l'embellir,
Mais mille autres rapports ont étonné ma vue.
Ah ! trop cruel Amour, jaloux de mon bonheur,
Sous les traits de mon inconnue,
N'offre pas Azélie à mon ame éperdue ;
Je trahirois mon bienfaiteur !
Voilà donc Alcindor infidèle & parjure.
O puiſſant Almovars ! point de pitié pour moi,
Si je dois être ingrat & te manquer de foi :
Préviens, préviens mon crime, & punis ton injure,
Lance ſur moi tes carreaux redoutés.
Je puis braver l'éclat de ton tonnerre ;
Mais tes reproches mérités,
Mais ceux que j'aurois à me faire,
Hélas ! hélas !
Mon cœur ne les ſoutiendroit pas.

# SCENE XI.

ALCINDOR, OSMAN.

*ALCINDOR.*

Approche, Oſman. Tu ſais le deſtin de ta fille.

*OSMAN.*

Je ſais qu'elle eſt l'honneur de ſa famille :
Mais cet Hymen ambitieux
Va la ravir à ma tendreſſe.

*ALCINDOR.*

Et peut-être accabler d'un déſeſpoir affreux...?
Oſman... ſi tu ſavois... quels tranſports, quelle ivreſſe...
Cet objet, qui confond mon orgueil déſarmé,
J'ai cru le reconnoître ; & mon cœur alarmé...
(*On entend le prélude d'une Marche.*)
Ciel ! Azélie avance, & ma frayeur redouble ;
Son aſpect va combler ou diſſiper mon trouble.

# SCENE XII.

ALCINDOR, AZÉLIE, OSMAN, LE CHEF DE LA LOI, CORYPHÉES, DANSEURS, DANSEUSES, *tous les* CHEFS DE L'ETAT, EUNUQUES, *ſuite* D'ALCINDOR.

(*Entrée*

*( Entrée de la Cérémonie & d'Azélie. Elle est sous un grand palanquin entouré de rideaux de gaze, & surmonté de panaches.*

*Quelques Musiciens & Saltinbanques ouvrent la marche.*

*Le Chef de la Loi marche après, suivi de son cortége : tous les premiers Ordres de l'Etat le suivent, & le palanquin paroît porté par huit Eunuques noirs, avec de grands bonnets surmontés de plumes. Ce palanquin est environné de douze Esclaves, dont six portent de gros arbres chargés de toutes sortes de fruits colorés, & six autres portent des especes de lustres au bout d'un bâton doré. Des troupes ferment la marche.*

MARCHE.

*On fait le tour du Théatre, & l'on arrête ensuite le palanquin sur la gauche de la Scene, à la fin de la Marche.*

*ALCINDOR.*

O peuple ecoutés moi
Almovars va paroître, & vous allez apprendre
A quels honneurs la vertu doit prétendre.
( *à part* )
D'où vient que je ne puis y penser sans effroi ?

( *On entend un prélude de symphonie.* )

Déjà ces accords même annoncent sa présence ;
Attendez ses décrets dans un humble silence.

## SCENE XIII.

LES MÊMES, ALMOVARS & *sa suite.*

*(ALMOVARS descend dans une Gloire avec quelques Génies de sa suite.)*

*CHŒUR de la suite d'ALCINDOR, pendant que le Génie descend.*

QUEL éclat imposant ! Nos cœurs à son aspect,
Sont pénétrés d'un saint respect.

*ALCINDOR,*

*allant au palanquin* D'*AZÉLIE.*

Il n'appartient qu'à vous, trop heureuse Azélie,
De fixer la grandeur & l'éclat du Génie.
Ce n'est pas un mortel, un prince couronné,
C'est Almovars qui vous est destiné.

*(Ici Alcindor tire les rideaux du palanquin, & l'on juge de son étonnement en voyant Azélie sans voile, & la reconnoissant pour l'objet dont il est frappé.)*

FINALE.

*(Ici action générale, mouvement universel. Almovars & sa suite ne respirent que vengeance ; Osman & la suite d'Alcindor tâchent d'adoucir le Génie ; Azélie supplie, Alcindor brave, & Almovars ordonne qu'on sépare les amans. Azélie & Osman sont entraînés dans le char d'Almovars, qui*

*s'enleve avec eux, tandis qu'Alcindor, malgré tout son courage, est repoussé avec les siens hors de la Scene par la suite du Génie. Azélie en s'éloignant tend en vain les bras à son Amant.)*

ALCINDOR.

Ciel ! ô Ciel ! quel objet frappe mon ame émue !

AZÉLIE.

Ciel ! ô Ciel ! qu'ai-je appris ! O disgrace imprévue !

ALMOVARS.

Quels transports offensans éclatent à ma vue !
Brûleriez-vous de trop coupables feux ?

AZÉLIE.

Ah ! c'en est fait du bonheur d'Azélie.

ALCINDOR.

Ah ! c'en est fait du repos de ma vie.

ALMOVARS.

Voilà donc tout le prix de mes soins généreux !
(*à Alcindor.*)
Je préviens tous tes vœux,
Je fais tout pour vous deux,
Et vous trahissez ma tendresse !

AZÉLIE & ALCINDOR.

Oui ; vous voyez notre foiblesse.

ALMOVARS.

Arrêtez, malheureux :
Osez-vous tous les deux

M'aſſurer de vos feux ?
Craignez ma fureur vengereſſe.

*Suite* D'*ALCINDOR.*

O ſort affreux !

*Suite* D'*ALMOVARS.*

O crime affreux !

*OSMAN.*

Ah ! mes enfans !

*AZÉLIE & ALCINDOR.*

Mon père !

*LE CHEF DE LA LOI.*

Obéiſſez aux Dieux.

*AZÉLIE & ALCINDOR.*

Non, non ; l'effort eſt impoſſible :
Qu'ils changent donc ce cœur, qu'ils ont rendu ſenſible.

*ALMOVARS.*

Oſez-vous tous les deux
M'aſſurer de vos feux ?
Craignez ma fureur vengereſſe.
(*à Alcindor.*)
Rentre en toi-même, ingrat ; rougis de ta foibleſſe ;
Rappelle-toi mes bienfaits, ma promeſſe.

ALCINDOR.

Je me rappelle tout: mais, ingrat malgré moi,
Dans mon cœur déchiré je ſens avec effroi
Un Dieu qui me ſubjugue & combat contre toi.

ALMOVARS.

C'eſt trop de réſiſtance :
Je ne reſpire plus que haine & que vengeance.
Obéiſſez.

AZÉLIE.

Ah ! pardonnez.

ALMOVARS.

Non.

LE CHEF DE LA LOI.

Puniſſez.

AZÉLIE.

Alcindor a connu le penchant d'Azélie:
Elle n'eſt plus digne de vous.

ALMOVARS.

» Arrêtez, redoutez ma trop juſte furie.

ALCINDOR.

» Oui, frappez, vengez-vous.
» Alcindor a connu le penchant d'Azélie;
» Il peut braver votre courroux.

ALMOVARS

Qu'on entraîne Azélie.

(*à sa Suite*).

Servez ma fureur,
Et dans mes mains livrez la victime.

*LE CHEF DE LA LOI & la Suite d'ALMOVARS.*

Servez / Servons { sa fureur,
Et dans ses mains { livrez / livrons } la victime.

*Ici une Partie de la Suite d'ALMOVARS entoure OSMAN & AZELIE, & les entraîne dans la Gloire, où le Génie monte avec eux, & la Gloire s'éleve : l'autre partie de la Suite d'ALMOVARS repousse ALCINDOR & les siens.*

*ALCINDOR.*
*à la Suite d'Almovars.*

Craignez ma fureur,
Ne bravez pas l'amour qui m'anime.

*Suite d'ALCIND. & d'AZELIE.*
*à Almovars.*

C'est trop de rigueur ;
Voyez, voyez en pleurs la victime.

*Suite d'ALMOVARS.*

Hardi rival d'un Bienfaiteur,
Esclaves vils de sa grandeur,
Fuyez, fuyez un Dieu vengeur.

*Suite d'ALCIND. & d'AZELIE.*

O jour de haine & de fureur !
Quel désespoir ! quelle douleur !
Tremblons d'aigrir un Dieu vengeur.

*ALCINDOR.*

La mort, l'enfer sont dans mon cœur ;
Et je ne puis dans ma fureur
Venger ma honte & mon malheur.

*Ici le Char disparoît, emmenant Almovars, Azélie & Osman ; & Alcindor est repoussé hors de la Scène par la Suite d'Almovars.*

*Fin du second Acte.*

# ACTE TROISIEME.

*Le Théatre repréſente une Campagne riante coupée de bois & de ruiſſeaux. Des Guirlandes, des Chiffres de fleurs ſont ſuſpendus aux arbres.*

## SCENE PREMIERE.

SYLPHES ET SYLPHIDES *danſans & chantans.* OSMAN, AZELIE & CORIPHÉE.

*Sur un air de Danſe que commence l'Orcheſtre,* AZELIE *&* OSMAN *deſcendent dans un nuage ſupporté par des Génies, & la Danſe entre en même-tems, ſuivie des Chœurs chantans.*

*Les Danſeurs & Chanteurs viennent pour les recevoir & les fêter.* AZÉLIE *paroît dans le plus grand accablement, &* OSMAN *eſt occupé à la conſoler.*

RONDEAU *danſé & chanté.*

*SYLPHIDES, à* AZÉLIE.

JOUISSEZ dans ce ſéjour charmant,
Des bienfaits d'un immortel amant.

LE CHŒUR.

Cédez, tout vous empresse,
Cédez à sa tendresse.

CORIPHÉE.

Vos nœuds seront tissus de fleurs,
Vous régnerez sur tous les cœurs.

LE CHŒUR.

Et les Amours,
De vos beaux jours
Enchaîneront le cours.

AZELIE.

Pour mon cœur il n'est plus de beaux jours.
Je mourrai fidele à mes amours.

OSMAN.

Pour son cœur il n'est plus de beaux jours.
Il n'est plus de nouvelles amours.

CORIPHÉE.

Songez qu'un Dieu vous aime ;
Si vous l'aimez de même,
Vos nœuds seront tissus de fleurs ;
Vous régnerez sur tous les cœurs :
Comptez toujours sur ses faveurs.

LE CHŒUR.

Il vous élève au rang d'une immortelle,
Et vous serez sans cesse jeune & belle.

AZÉLIE.

Hélas ! loin d'Alcindor, qu'importe d'être belle.

LE CHŒUR.

Ah ! cessez d'être rébelle
A l'amour d'un Bienfaiteur.
Cet époux tendre & fidele,
Fera seul votre bonheur.

AZÉLIE, *en se jettant dans les bras de son pere.*

Mon bonheur, ah ! mon pere.

OSMAN.

Viens dans mes bras, mes soins calmeront ta douleur.

AZÉLIE.

Le seul bien que j'attends, qu'implore ma misere,
C'est de mourir dans les bras de mon pere.

OSMAN.

Ce vœu cruel me désespere.

LE CHŒUR.

Almovars est un Dieu, craignez de lui déplaire.

SYLPHIDES, *au Rondeau.*

Jouissez dans ce séjour charmant,
Des bienfaits d'un immortel amant.

AZÉLIE.

C'eſt trop de violence & trop de tyrannie,
Vos fêtes, vos plaiſirs irritent ma douleur,
(*tendant les bras à ſon pere.*)
Un déſert, Alcindor, & l'auteur de ma vie.

(*Un grand bruit d'orcheſtre, la foudre, les éclairs diſperſent les Sylphes & les Sylphides.*)

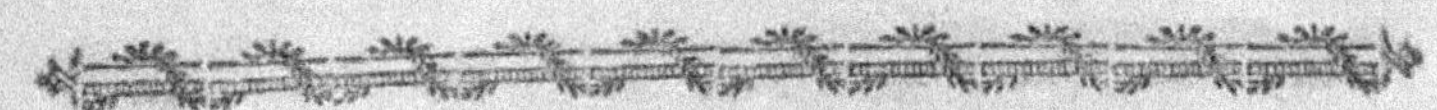

# SCENE II.

*Changement de Scène ; désert affreux hérissé de rochers ; un antre sombre au milieu de la Scene.*

AZELIE, OSMAN & ALCINDOR, *derriere les rochers.*

*OSMAN.*

AH, ma fille ! ah, ma fille ! en quel séjour d'horreur!

*AZELIE.*

Mon pere, ce séjour ne trouble pas mon cœur.
Dans le renversement de la nature entiere,
Sans doute un Dieu vengeur exauce ma prière.

*ALCINDOR derriere les rochers.*

Tristes déserts, rochers affreux ;
Où m'a conduit la jalousie ?
Ah ! vous seriez pour moi les cieux,
Si vous me rendiez Azélie.

*AZELIE.*

Mon pere, entendez-vous ces accens douloureux ?

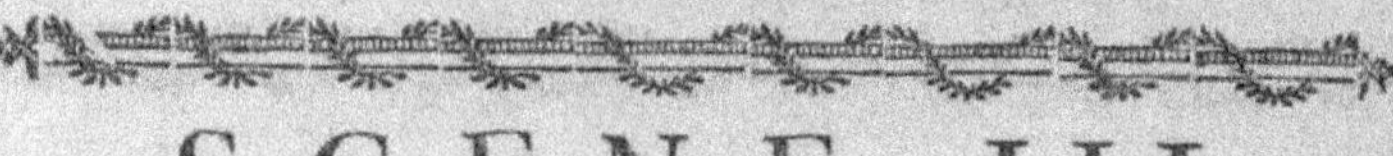

## SCENE III.

ALCINDOR, OSMAN & AZELIE.

*ALCINDOR, en paroiſſant.*

MAIS, hélas! elle m'eſt ravie,
J'ai perdu pour jamais le bonheur de ma vie.

*AZÉLIE, l'appercevant.*

O Ciel! me trompez-vous? Alcindor....

*ALCINDOR, volant à elle.*

Azélie!

*OSMAN.*

Mon Prince!

*ALCINDOR.*

Cher Oſman!

*TOUS TROIS.*

Puis-je en croire mes yeux?

*AZELIE.*

Ah! quels heureux momens! ô joie! ô douces larmes!

*ALCINDOR.*

Ah! quel heureux moment ſuccede à nos alarmes!

*AZELIE & ALCINDOR.*

Je doute encor de mon bonhe ur,

Eh quoi ! c'eſt vous, c'eſt vous que j'aime.

| *AZÉLIE.* | | *ALCINDOR.* |
|---|---|---|
| Tranſport charmant, tranſport flateur ! | | Aveu charmant, aveu flateur ! |

*AZELIE & ALCINDOR.*

Tu fais mon bien ſuprême.

*OSMAN.*

Je crains le ſort & ſa rigueur,
Armez-vous de courage.
Ah ! redoutez l'eſpoir trompeur
Que votre cœur partage.

*AZELIE & ALCINDOR.*

Ah ! laiſſez, laiſſez - nous
L'eſpoir qui nous enchante ;
Eſt - il un bien plus doux
Pour notre ardeur conſtante.

| *OSMAN.* | | *AZÉLIE & ALCINDOR.* |
|---|---|---|
| Je crains pour vous l'eſpoir qui vous enchante. | | Ah ! laiſſez-nous l'eſpoir qui nous enchante. |

*ALCINDOR.*

Ce n'eſt pas une vaine erreur ;
L'Amour, l'Amour lui-même eſt notre protecteur ;
Et c'eſt lui qui confond le courroux du Génie.

*AZELIE à ALCINDOR.*

Je demandois au Ciel consolateur
Un désert, Alcindor & l'auteur de ma vie,
Il a comblé les vœux de mon ame attendrie;
Mais envers toi, quelle rigueur!
Il t'a privé d'un trône.

*ALCINDOR, avec vivacité.*

Il m'a gardé ton cœur.
Osman, nous sommes seuls dans ce séjour horrible:
Tout semble conspirer pour nous anéantir;
Mais l'amour nous y laisse avec un cœur sensible,
Par les nœuds les plus forts il faut nous réunir.
Mon ami, sois mon pere, & que ton Azélie
Nous tienne lieu, dans ces déserts,
Et des grandeurs & des biens de la vie.

*OSMAN.*

Oui, vous serez mon fils, vos transports me sont chers;
Oui, je partage votre ivresse.
Ma fille, tu vois sa tendresse;
Tu vois s'il est digne de toi:
Que les nœuds de l'Hymen engagent votre foi.
O Ciel! c'est devant toi que ma main paternelle
Unit ces deux Amans d'une chaîne éternelle;
Protege

Protege une flamme si belle,
Et je mourrai content en les voyant heureux.

*ALCINDOR.*

Je fais serment de vivre & de mourir pour elle.

*AZELIE.*

Je fais serment....

## SCENE IV.

*Les ACTEURS précédens, & un Chœur dans l'antre.*

LE *CHŒUR.*

FRÉMIS, foible mortelle,
Et connois à quel prix tu peux former ces nœuds.
Pour ton époux il n'est plus de couronne,
Et le Ciel lui rend tout, si ton cœur l'abandonne.

*(Ces deux vers paroissent tout-à-coup tracés en caractères de feu sur le devant de l'antre.)*

*AZELIE.*

Quelle terrible épreuve! ô Ciel! qu'exigez-vous?

*ALCINDOR.*

Je ne veux qu'Azélie: ô Ciel! unissez-nous.

AZELIE.

= Pour mon époux il n'eſt plus de couronne,
= Et le Ciel lui rend tout, ſi mon cœur l'abandonne.

ALCINDOR.

Le Ciel m'enlève tout, ſi ton cœur m'abandonne.

OSMAN.

Seigneur, écoutez-moi.

ALCINDOR.

Non, reſpecte mes feux.

OSMAN *avec fermeté.*

Non, je vous dois un conſeil généreux.
J'ai cru, j'ai dû penſer, vous devez me connoître,
Qu'en retrouvant mon Prince en ces ſauvages lieux,
Je pouvois réunir en préſence des dieux
Le deſtin de ma fille à celui de mon maître :
Mais le chemin du trône à mon Prince eſt ouvert ;
Il eſt fermé pour nous, cédons ſans réſiſtance ;
N'oppoſez pas au Ciel un amour qui l'offenſe.
Il vous rend vos Etats

ALCINDOR *à* AZÉLIE.

Et vous laiſſe un déſert.

AZELIE.

Voilà mon ſort, il faut qu'il s'accompliſſe.

UNE *VOIX seule sortant de l'antre.*

J'accepte un ſi grand ſacrifice ;
Deſcends avec ton père en cet antre ſacré,
Vous ſeuls en franchirez l'aſyle révéré.

*ALCINDOR.*

« Qui peut à mon audace en défendre l'entrée ?
» Qui peut me ſéparer d'une amante adorée ?

*AZELIE.*

» L'honneur, & mon courage ardent à vous ſervir.

*ALCINDOR.*

» Vous pourriez... non, jamais. . .

*AZELIE.*

» Mon devoir me l'ordonne.
Il faut qu'Alcindor m'abandonne :
Régnez & laiſſez-moi mourir.

*ALCINDOR.*

Moi ! moi, que je vous abandonne !
Non, non, je n'y puis conſentir.
Cédez à l'amour le plus tendre.

*AZELIE & OSMAN.*

Cédez aux devoirs les plus ſaints.

*ALCINDOR.*

L'amour m'entraîne, & vos efforts ſont vains :
De vos vertus je ſaurai me défendre.

*AZELIE.*

L'honneur m'inſpire, & vos efforts ſont vains.
De votre amour je ſaurai me défendre.

*OSMAN.*

L'honneur l'inſpire, & vos efforts ſont vains :
De votre amour je ſaurai la défendre.

| | | |
|---|---|---|
| *Alc.* L'amour, l'amour m'entraîne, | } | & vos efforts ſont vains. |
| *Azél.* L'honneur, l'honneur m'inſpire, | | |
| *Osm.* L'honneur, l'honneur l'inſpire, | | |

| | | |
|---|---|---|
| *Alcindor.* De vos vertus | } | je ſaurai me défendre. |
| *Azélie.* De votre amour | | |

*Osman.* De vos vertus je ſaurai la défendre.

(*Azelie ſe précipite dans l'antre, & ſon Pere la ſuit ; mais Alcindor, qui veut y pénétrer, eſt arrêté par une main inviſible. Azelie & ſon Pere diſparoiſſent, & l'antre eſt tout en feu*).

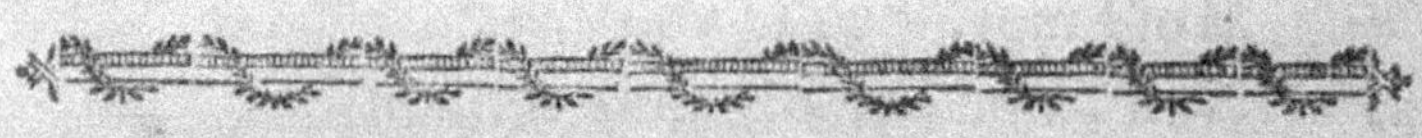

# SCENE V.

ALCINDOR, & CHŒUR *qu'on ne voit pas.*

*ALCINDOR.*

Non, non, je ne vous quitte pas,
J'irai juſqu'aux enfers arracher l'innocence.

*CHŒUR dans l'antre.*

Au Ciel on ne résiste pas ;
Il rit de tes fureurs, redoute sa vengeance.

*ALCINDOR.*

Quel pouvoir plus qu'humain enchaîne ici mes pas ?

## SCENE VI.

*(Ici l'antre disparoît, & fait place à un Palais magnifique, où ALMOVARS paroît sur un trône. Une Statue d'or s'élève au milieu de la Scène. Quelques Suivans du Génie entourent le Trône d'ALMOVARS).*

ALCINDOR, ALMOVARS.

*ALMOVARS.*

REPRENDS ton rang & ta puissance,
Et reçois mes bienfaits avec reconnoissance.

*ALCINDOR.*

Quel don peut consoler mon cœur infortuné ?

*ALMOVARS.*

Regarde le présent que je t'ai destiné.

*(Ici ALMOVARS frappe de sa baguette la Statue qui s'enfonce, & laisse voir derriere elle AZELIE. OSMAN & ZERBIN entrent dans le même moment.)*

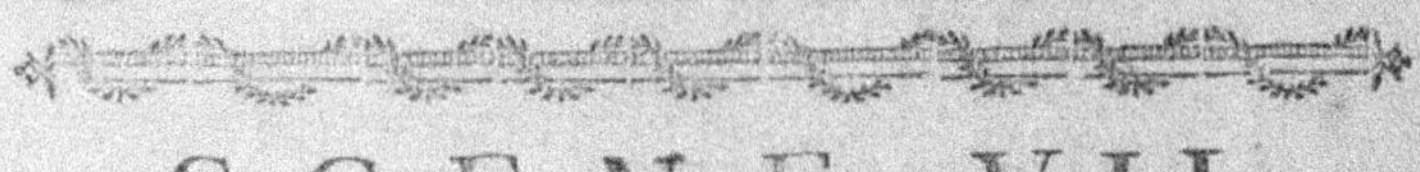

## SCENE VII.

*Les Acteurs précédens*, AZELIE, OSMAN & *la Cour d'*ALCINDOR, ZERBIN.

*ALCINDOR & OSMAN.* { AZÉLIE! elle m'est rendue,
Et c'est un bienfait d'Almovars.

*AZÉLIE.* { Quelle faveur inattendue!
Ah! puis-je en croire mes regards?

*ALMOVARS & ZERBIN.* { A tous les deux elle est rendue,
Et c'est un bienfait d'Almovars.

*ALMOVARS.*

De mes desseins sur toi, connois tout le mystère.
Né fier, indifférent, & d'une humeur austère,
Qui pouvoit de ton peuple altérer le bonheur,
Il falloit adoucir ton altier caractère;
Et pour triompher de ton cœur,
J'ai cru l'Amour le plus sûr enchanteur.
« J'ai choisi, pour te vaincre, une beauté modeste;
» J'ai préparé ton cœur à la séduction;
» J'ai jetté dans le sien la même passion:
» La résistance a fait le reste.
» Que l'autel de l'Hymen s'élève en ce séjour,
» Pour consacrer des nœuds embellis par l'Amour.

(*Ici, un Autel s'élève.*)

A ces heureux Epoux, Peuples, rendez hommage ;
Du bonheur de l'Etat leur hymen est le gage.

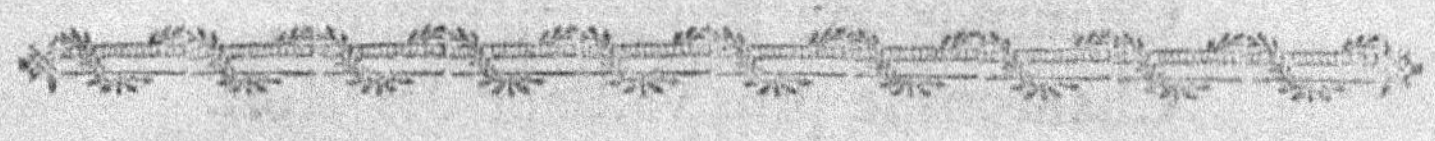

## SCENE DERNIERE.

*Les mêmes & la Cour d'ALMOVARS, qui vient se réunir à celle d'ALCINDOR.*

*LE CHEF DE LA LOI.*

ALCINDOR, Alcindor,
Reçois le fidèle hommage
De tes sujets de l'Isle d'Or.

*LE CHŒUR.*

(*Tout le monde, à l'exemple du Chef de la Loi, répete, en baissant la tête & croisant les bras,*)

Alcindor, Alcindor,
Reçois le fidèle hommage
De tes sujets de l'Isle d'Or.

*LE CHEF DE LA LOI.*

Que le cours
De tes jours
Soit paisible & sans nuage,
Et s'achève au sein des Amours.

(*On danse.*)

### *Le Chœur.*

Dans cette fête raviſſante,
Uniſſons nos cœurs & nos voix;
Chantons une Reine charmante,
Chantons le plus vaillant des Rois.
C'eſt la modeſte Bienfaiſance
Aſſiſe auprès de la Grandeur;
De notre intrépide vengeur
Elle adoucira la puiſſance.

*FÊTE GÉNÉRALE.*

FIN.

---

Page 11, Scène 7, Acte premier, on a ſupprimé les Diſtiques qui devoient être au bas de chaque Statue, parce qu'ils ne pouvoient être tracés ſur les piédeſtaux qu'en petit caractère non liſible.

Page 45, aux noms des Interlocuteurs, ligne 12, AZELIE, *liſez* AZELIE & OSMAN.



---

## *APPROBATION.*

J'AI lu par ordre de Monſeigneur le Garde-des-Sceaux, *ALCINDOR, Opéra-Féerie*, & je n'y ai rien trouvé qui m'ait paru devoir en empêcher la repréſentation ni l'impreſſion. A Paris ce 27 Février 1787.

BOYER.

www.ingramcontent.com/pod-product-compliance
Ingram Content Group UK Ltd.
Pitfield, Milton Keynes, MK11 3LW, UK
UKHW022112170726
13837UKWH00003B/1180